ICH WAR VON NATUR AUS ...

... NICHT MIT GROSSARTIGEN TALENTEN ODER BESONDEREN VORZÜGEN GESEGNET.

TROTZDEM WOLLTE ICH ...

... EIN HELD WERDEN, DER ...

... JEMAN-DEN RETTEN KANN.

Zero Akabane

OPERATION

MAGICAL GIRL

KAPITEL 1: UND DANN ZUM ANFANG

OPERATION MAGICAL GIRL

DARUM HABE ICH IN DER GRUNDSCHULE ANGEFANGEN BASEBALL ZU SPIELEN.

ALS KIND HABE ICH FÜR SUPERHELDEN UND PROFI-SPORTLER GESCHWÄRMT.

HELDEN

SONNTAG MORGENS 7:00 UHR

JETZT IM TV!

... WENN MAN EINFACH NUR NORMAL VOR SICH HINLEBT.

DOCH IM VERLAUF MEINES DURCH-SCHNITT-LICHEN LEBENS WURDE MIR BEWUSST ...

DABEI WÄRE ICH SO GERNE EIN HELD GEWOR-DEN.

DAS GEHT SO NICHT, HERR SAKURA!

SOLCHE FEHLER DÜRFEN EINFACH NICHT PAS-SIEREN!

WANN HABE ICH ALLE MÖGLICHEN ABSTRICHE GEMACHT ...

... DASS MAN NIEMALS EIN HELD WERDEN KANN ...

ICH HAB KEINE LUST ZU GAR NICHTS!

KONK

HAAAAH ...

GUCK MAL!

WIR HABEN DOCH NOCH EINEN GANZEN STAPEL ZU ERLEDIGEN!

KINDHEITSFREUND UND KOLLEGE YUZURU SAOTOME

NA NA NA, SAG DOCH SOWAS NICHT!

TONK

WIESO ARBEITET EIN PRINZ WIE DU ÜBERHAUPT AN SO EINEM TRISTEN ORT?!

SCHNAPP

WEISS ICH DOCH!

HIER, NIMM EINEN SCHLUCK!

GUT ...

... DAS IST AUCH NICHT DER EINZIGE GRUND.

LASS UNS UNSERE LEBEN TAUSCHEN.

NOPE.

MIR KOMMT DER KAFFEE HOCH.

NA JA, WENN MAN ARBEITET, SAMMELT MAN WISSEN UND ERFAHRUNGEN ...

... UND MAN LERNT DIE GEFÜHLE DER MENSCHEN VERSTEHEN.

DAS IST AUSBEUTUNG, WIE SIE IM BUCHE STEHT!

HERR SAKU-RAAAA?

JEDEN TAG ÜBERSTUNDEN, DIE NICHT BEZAHLT WERDEN!

ICH VERSTEH ECHT NICHT, WARUM DU HIER ARBEITEST!

NÖRGEL

ゲッチ

ゲッチ

SCHIMPF

MOTZ

8

HEY ...

... ALLES OKAY?

HAAAH

... UND HAT MIR BEI DER GELEGEN-HEIT NOCH ZUSÄTZLICHE ÜBERSTUN-DEN AUFGE-BRUMMT ...

ER HAT GESAGT, ER KANN MICH JEDERZEIT ERSETZEN ...

AUTSCH!

EIN UNGLÜCK KOMMT SELTEN ALLEIN.

HÖR AUF ...

SEI JETZT NICHT NETT ZU MIR.

GUT, DANN SCHAFF ENDLICH WAS, LOSER!

SO MEINTE ICH DAS NICHT.

JEDENFALLS MACH ICH JETZT DIESE UNTER-LAGEN FERTIG, UND DANN NICHTS WIE NACH HAUSE ...

SCHNIEF

NA JA ...

... IST JA MEINE EIGENE SCHULD ...

E-ER IST VOLLKOM-MEN AUS-GEZEHRT ...

ERLEDIGT ER SEINE AUFGABE IM AUSTAUSCH GEGEN LE-BENSKRAFT ...?!

NACH 18.00 UHR

HAHHHH

HAHHHH

HHHH

G-GE-SCHAFFT!

FFFH

BLIP

F-FERTIG ...

HHHH

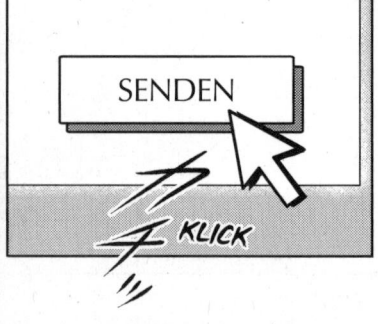

SENDEN

KLICK

ABTEILUNGSLEITER

SRY! ICH HABE VERGESSEN, IHNEN EIN PAAR DOKUMENTE ZU GEBEN. ÜBERARBEITEN SIE ES NOCHMAL, PLEEZ (^^;)

SAKURA

ENTSCHULDIGEN SIE BITTE, DASS ICH DAS NICHT GENAUER ÜBERPRÜFT HABE. ICH WERDE IN ZUKUNFT BESSER AUFPASSEN.

SAKURA

BLIP

GOGOGOGO

ゴゴゴゴゴ

ICH WERDE WOHL BIS ZU MEINEM TOD IMMER EIN NIEMAND BLEIBEN.

LETZT-ENDLICH...

... IST ES TAGEIN, TAGAUS DERSELBE TROTT.

... NOCH EINMAL...

... KANN AUCH EI-NER WIE ICH ...

ABER HIN UND WIEDER ...

14

SCHNAPP
VRUOOOMM
MATSCH
HE, KLEI-NE!
HAPP
DU MUSST BESSER AUFPAS-SEN!
HAPP
DU MUSST IMMER DEINE UMGEBUNG IM BLICK BE-HALTEN ...
... SONST PASSIERT IRGENDWANN WAS RICHTIG SCHLIMMES!

16

ECHT? DU HAST ALSO WAS ANGESTELLT!

GERADE HEUTE HAT MEIN VORGESETZTER MICH RICHTIG ZUSAMMENGESTAUCHT.

ICH BIN WEDER EIN ONKEL NOCH EIN GUTER MENSCH!

DU BIST RICHTIG NETT!

BIST DU EIN GUTER MENSCH, ONKEL?

ÜBERHAUPT SOLLTEN KINDER UM DIESE ZEIT NICHT MEHR DRAUSSEN SPIELEN!

KLAPPE.

DABEI WOLLTE ICH HEUTE SCHNELL NACH HAUSE UND MIR EIN GLÄSCHEN SAKE GÖNNEN ...

HAH ...

WARUM MACHE ICH DAS HIER ...

DAS MACHT 380 YEN.

EHEHE!

DANKE, ONKEL!

FÜHLT SICH AN, ALS HÄTTE ICH NE GUTE TAT VOLL-BRACHT.

HALLO, JUNGER MANN!

NA JA ...

ウィーン
VUIIIIN

WUSCH

KÖNN-TEN WIR SIE KURZ SPRE-CHEN?

VRUOMM
ICH HAB NICHT AUFGEPASST UND IRGENDWAS ÜBERFAHREN!
SCHEISSE!
DAS WIRD …
… JA WOHL KEIN MENSCH GEWESEN SEIN?
UND IST DAS …
… DANN …
… FAHRERFLUCHT …?
VERLIERE ICH …
ABER …
… MEINEN JOB?
BADUMP
BADUMP
… DAS BALG IST SCHLIESSLICH AUF DIE STRASSE GERANNT!
SCHEISSE!
BADUMP
WAS MACH ICH NUR?
DZZ
DZZ
DZZ
AH!
UH!
DZZ
DZZ
DZZ
DZZ
DZZ
DZZ
BLA

SIE SIND DOCH EIN ERWACHSENER MANN!

DAS MUSS IHNEN DOCH KLAR SEIN!

JA ...

BITTE SEIEN SIE IN ZUKUNFT RÜCKSICHTSVOLLER!

JA ...

... FÜR EINEN SCHEISS ...

WAS MACH ICH NUR ...

KRACH

20:43

20:42

ABTEILUNGSLEITER
SIE SIND OFFENBAR SCHON GEGANGEN.
WAS IST MIT MEINEN UNTERLAGEN??

BLIP

ICH...

...GEH
JETZT
NACH
HAUSE
...

GAAAAAH

WAS
IST
DENN
DAS?

WA...
WA...

ABER
DAS
KANN
ICH
DOCH
GAR
NICHT.

ICH
SOLLTE
MICH
RAUS-
HALTEN.

DREHEN
DIE DA
GERADE
EINEN
FILM?

IST
DAS EIN
MENSCH?

DAS IST
DAS
MÄD-
CHEN
VON
VOR-
HIN.

DAS
SIEHT
ÜBEL
AUS ...

MUSS
ICH IHR
HEL-
FEN?

ICH ...

ICH KANN DOCH ...

DAS MUSS IHNEN DOCH KLAR SEIN!

SIE SIND DOCH EIN ERWACH-SENER MANN!

ICH KANN SIE JEDERZEIT ERSETZEN!

... GAR NICHTS ...

ICH BRAU-CHE ...

... HILFE ...!

DZZDZZDZZDZZ

IHR KÖNNT MICH ALLE MAL!

SCHEIS-SE!

GNH

AAAH ...

... DASS AUCH ICH ...

IHR WERDET GLEICH SEHEN ...

... IMMER NOCH ...

25

... SEIN
KANN.

NEIN!!

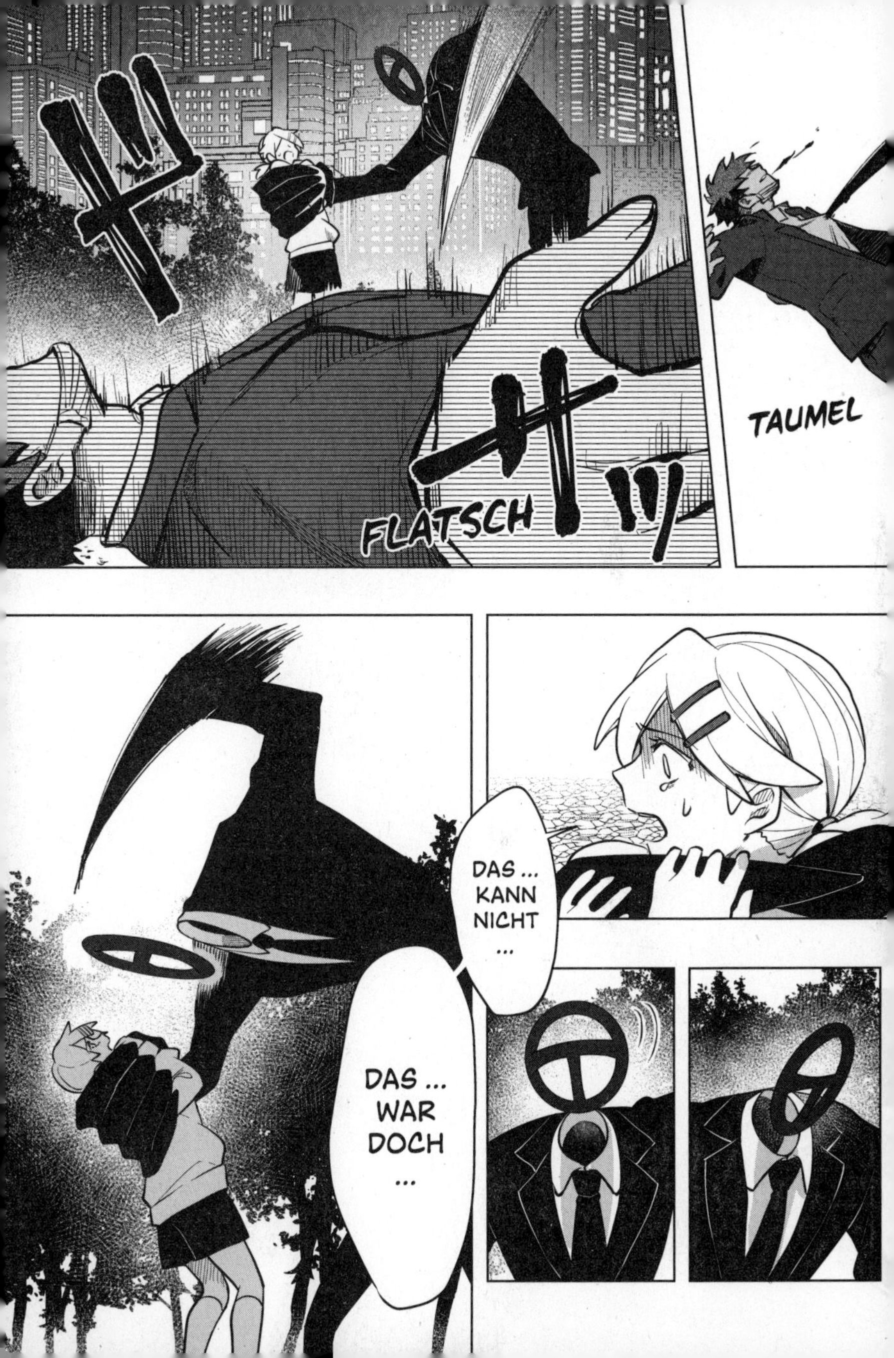
TAUMEL
FLATSCH
DAS ... KANN NICHT ...
DAS ... WAR DOCH ...

HA! NA KLAR!

DAS IST EIN TRAUM!!

HÄ? ICH MUSS WIRKLICH TOTAL ÜBERMÜDET SEIN ...

MOMENT, STOPP ... HÄ? ES KANN UNMÖGLICH SEIN, DASS ICH WIE EIN MÄDCHEN AUSSEHE ...

DAS ...

DAS TAT WEH!!

FSCHHHH

GIB ALLES, COSPLAY-MUTTI!

STECH

DAS ... DAS TAT AUCH WEH!!

WENN ER WEITER SO AUF MICH EINPRÜGELT, WACHE ICH IRGENDWANN AUF UND ...

DOSCH

... DASS ICH ...

... EIN MAGICAL GIRL GEWORDEN BIN ...? (NIEDLICHE MÄDCHEN- STIMME)

DANN BEDEU- TET DIESE SITUATION ...

ICH KANN ES KAUM GLAUBEN, ABER DIES IST DIE REALITÄT ...

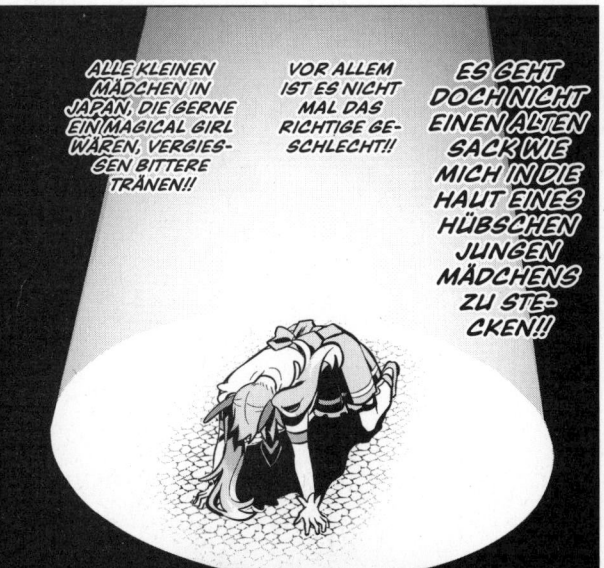

ALLE KLEINEN MÄDCHEN IN JAPAN, DIE GERNE EIN MAGICAL GIRL WÄREN, VERGIES- SEN BITTERE TRÄNEN!!

VOR ALLEM IST ES NICHT MAL DAS RICHTIGE GE- SCHLECHT!!

ES GEHT DOCH NICHT EINEN ALTEN SACK WIE MICH IN DIE HAUT EINES HÜBSCHEN JUNGEN MÄDCHENS ZU STE- CKEN!!

NOOO!!

UWAH!

ZISCH

DOSCH

MIST...!

WO ICH SCHON SO AUSSEHE, SOLLTE ICH NICHT EINE WAFFE HABEN ODER EIN MAS-KÖTTCHEN ODER IRGENDWAS IN DER ART?!

... IST NICHT DER RICHTIGE MOMENT, DA-RÜBER NACH-ZUDENKEN...

ABER JETZT ...

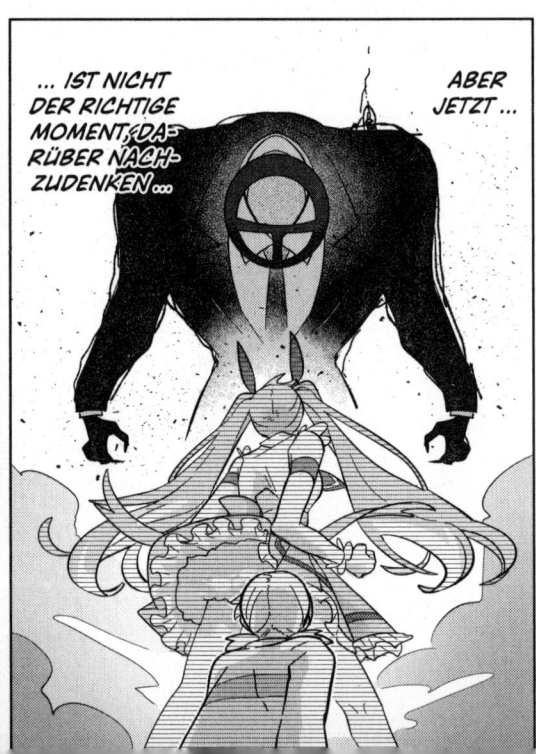

GNH
KEUCH
KEUCH
NICHTS!
ZISCH
UWAH!
WOMM
SPROIIING
KRASS! ICH KANN JA VOLL WEIT SPRINGEN!

SLLLLL

FSCHHH
ミシ
ウゥ
ゥ
ゥ

KLACK

HÄ?

GRABB

BITTE HEIRATE MICH!

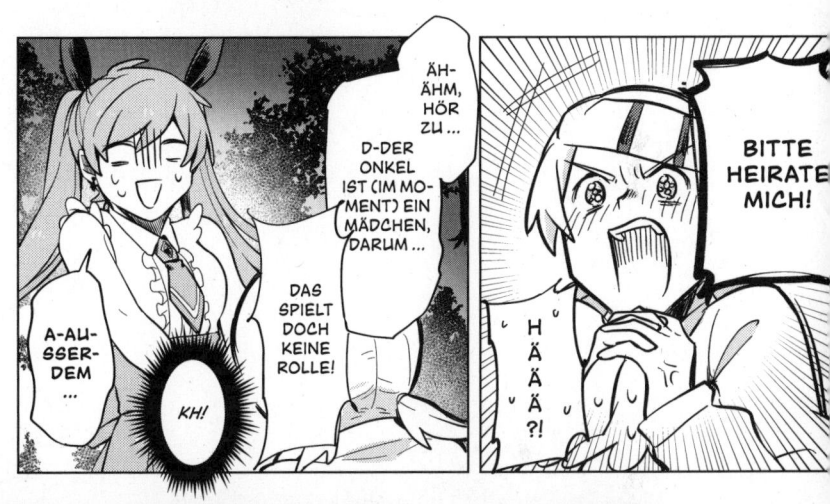

ÄH-ÄHM, HÖR ZU ...

D-DER ONKEL IST (IM MO-MENT) EIN MÄDCHEN, DARUM ...

DAS SPIELT DOCH KEINE ROLLE!

A-AU-SSER-DEM ...

KH!

BITTE HEIRATE MICH!

HÄÄÄ?!

WAS REDE ICH DA?!

... PRAK-TIZIERE ICH SILENT QUITTING!

... WENN ICH IN SCHWIE-RIGKEITEN BIN ...

... KOMMST DU MIR WIEDER ZU HILFE, ODER?

SEI-LENT ...

N-N-NA-TÜRLICH, DAS VER-STEHST DU NICHT!

J-JA ... ABER ...

NATÜR-LICH!

... BEGANN FÜR DEN BÜRO-ZOMBIE HIROMI SAKU-RA, DER EINE MYSTERIÖSE KRAFT BEKOM-MEN HATTE ...

... DAS AUFRE-GENDE LEBEN ALS MAGICAL GI...

UND SO ...

MOMENT ...

... WIE WERDE ICH DENN WIEDER ICH?
HHH
BLEIBE ICH ...
... JETZT ETWA FÜR IMMER SO?!
HHH
ÄCHZ
DAS ... IST JETZT ABER ZIEMLICH BLÖD ...
SCHWITZ
WOBEI, VIEL-LEICHT AUCH WIEDER GAR NICHT SO SCHLE...
WOMM
GBFFH
WAH!

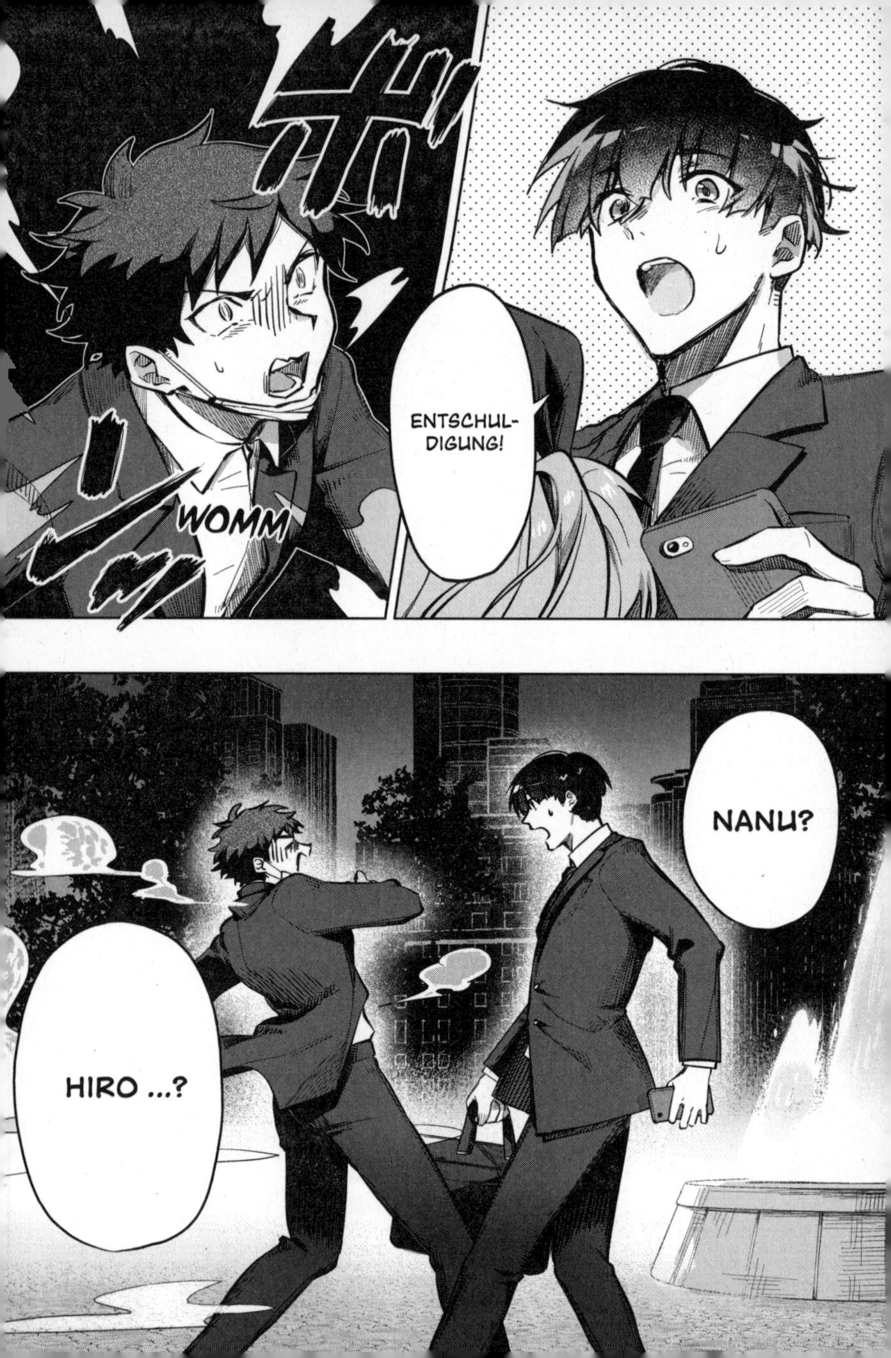
ENTSCHUL-
DIGUNG!
WOMM
NANU?
HIRO ...?

NANU?

HIRO ...?

W-W-WAS MACH ICH DENN JETZT ...

AM ENDE ZEIGT ER MICH AN ...

HEY MANN ...

UND SCHON BIN ICH AUFGE-FLOGEN!!

E-ER HAT ALSO ... NICHTS GEMERKT ...?!

ÄHM ...

... ICH BIN IN EINE POLIZEI-KONTROLLE GERATEN ...

PRFFT!

P-POLIZEI-KONTROL-LE?!

MFFH!

POLIZEI-KON-TROLLE?!

... WAS MACHST DU ...

... DENN HIER?

GRINS

!

WAR EIN HARTER TAG FÜR DICH, ODER?

MACH, DASS DU HEIM-KOMMST!

DU BRAUCHST ES NICHT VOR MIR ZU VERHEIMLI-CHEN!

DAN-KE, ICH WOLLTE SOWIE-SO NACH HAUSE GEHEN!

WAS DENN?!

DU HAST ES ALSO ENDLICH GETAN!

ICH HAB GAR NICHTS GETAN!

PONG.

AHAHA! ICH GEH AUCH NACH HAUSE.

DANN BIS MORGEN!

JAU.

46

...WAS WAR DAS FÜR EINE VERWAND-LUNG ...?

ZUM GLÜCK IST ER NICHT DER HELLSTE.

BADUMP

BI...

BIN ICH FROH! OFFENBAR HAT ER NICHTS BEMERKT.

ABER ...

BADUMP

BADUMP

... DIE IRGENDWIE ICH WAR UND GLEICHZEITIG AUCH NICHT ...

DIESE PERSON ...

WAS ZUM TEUFEL ...

... IST HIER LOS ...?

UND DANN DIESES MONSTER ...

ズ～～ン

DZUUUUMM

...KEIN AUGE ZU-GETAN!

ICH HAB...

VERWANDLUNG IN EINE FRAU 🔍

グル
GRÜBEL

ICH MUSSTE DIE GANZE ZEIT ÜBER DAS NACHDENKEN, WAS GESTERN PASSIERT IST, UND AUF EINMAL WAR ES MORGEN.

DIESES MÄDCHEN, IN DAS ICH MICH VERWANDELT HATTE...

...WAR ZIEMLICH SÜSS!

VOR LAUTER VERZWEIFLUNG HABE ICH ALLES MÖGLICHE IM INTERNET NACH-GESCHAUT, ABER ES IST NICHTS DABEI RAUSGE-KOMMEN.

UND VOR ALLEM ...

グル
GRÜBEL

GRINS

DER KERL BENIMMT SICH MEGA VERDÄCHTIG!

ZAPPEL

ZAPPEL

VERDÄCHTI...

...UND GESTERN WAR ER SPÄT ABENDS NOCH DRAUSSEN UNTERWEGS, OBWOHL ER PÜNKTLICH GEGANGEN IST.

...HAT HEUTE MORGEN NICHT HALLO GESAGT....

ER IST OFFENSICHTLICH RUHELOS....

ZAPP...

ZAPPEL

STECKT DA ETWA...

... EINE FREUN-DIN?!

HAT HIRO ...

... EINE FRAU DAHINTER ...?!

HU ...?!

M-MÖG-LICH WÄR'S ...!

Geegle

SÜSSES MÄDCHEN

ER GEEGELT RGENDWAS!!

GESTERN HAT ER BEHAUPTET, DIE POLIZEI HÄTTE IHN KONTROL-LIERT, ABER ER HATTE DEFINITIV EIN DATE!!

WESHALB SONST DIE-SES DUMME GRINSEN?!

MIR BLEIBT NICHTS ANDERES ÜBRIG, ALS IHN ZU FRAGEN ...!
DU, HIRO ...
DA WAR EIN MÄDCHEN ... STIMMT'S?
... HÄ?
100 % IST ES EIN MÄDCHEN!!

GLÜCK-
WUNSCH
...!

WARUM
HEULST
DU?!

HIRO
AUF
EINEM
DATE ...

DER HIRO,
DER NOCH
NIE EINE
FREUNDIN
HATTE ...
UND EIN
MÄDCHEN
...

G...

HÄ?!

...U HAST ES
...RGENDWIE
...EMERKT?!
CREEPY!!

NEIN,
ABER
...

... ICH
HAB'S IR-
GENDWIE
GEMERKT
...

D-DU
HAST ES
GESTERN
ALSO DOCH
GESEHEN?

G-GESTERN
WAR DAS
ERSTE MAL
... (DASS ICH
MICH IN EIN
MÄDCHEN
VERWAN-
DELT HABE)

UND ...
SEIT WANN
...? (HAST
DU EINE
FREUN-
DIN)

...UWAH
...

SAG ES BITTE NIEMANDEM.

?!

ÄHM, DU ...

E-ER GIBT MIR WAS ...

... VON SEINEM SCHWER VERDIENTEN GELD, DAMIT ICH SCHWEIGE ...?!

DAS RIECHT TATSÄCHLICH ...

... NACH EINEM SKANDAL ...!

WAS FÜR EINE OMINÖSE LIEBSCHAFT IST DAS ...?!

WOCHENENDE

BIN ICH MÜDE ...

ICH MACH MAL EINE PAUSE.

PUH

BLIP

TACKER

TACKER

DUCK

ICH GEH ZUM SUPER-MARKT ...

ABTEILUNGSLEITER

NOCH NICHT FERTIG MIT DEN UNTERLAGEN!

BLAMM

DIESE SACHE NEULICH WAR SO VERDÄCHTIG, DASS ICH MIR DAS UNBEDINGT MAL ANSCHAUEN MUSS.

ICH WILL WISSEN, WAS FÜR EINE PERSON SEINE FREUNDIN IST ...

ER NIMMT DAS FAHR-RAD?!

WA ...?!

AHA, ER GEHT AUS DEM HAUS ....

ICH DACHTE MIR DOCH, DASS SIE SICH AM WOCHEN-ENDE VERABRE-DEN WÜRDEN, WO SIE GERADE FRISCH ZUSAM-MENGEKOM-MEN SIND!

SST

TORKEL

ICH BRAUCH KEIN GELD, ICH WILL FREI HABEN...

WAS IST DAS FÜR EIN SCHEISS?

ARBEITEN, OBWOHL WOCHEN-ENDE IST...

HEY!

ALLES OKAY?!

GEHT ES DIR NICHT G...

DOSCH

WAH?!

SCHNAPP

STÜRM

HÄAH?!

CURRY-BRÖTCHEN

ÄH...

... HIRO?!

TRAPP
TRAPP
TRAPP
TRAPP

HE, HALLO!

DAS IST NICHT WAHR, ODER?

EI...

EIN LADEN-DIEB!!

DOSCH

AU!

SCHNAPP

FLORRRP

HE, VER-
DAMMT,
HALT
STILL!

DAS
IST EIN
IRR...

KEINE
AUSRE-
DEN ...

... HAT
SICH
WIE VON
SELBST
...

MEINE
HAND
...

... WOLL-
TE NICHT
STEHLEN
...

ICH
...

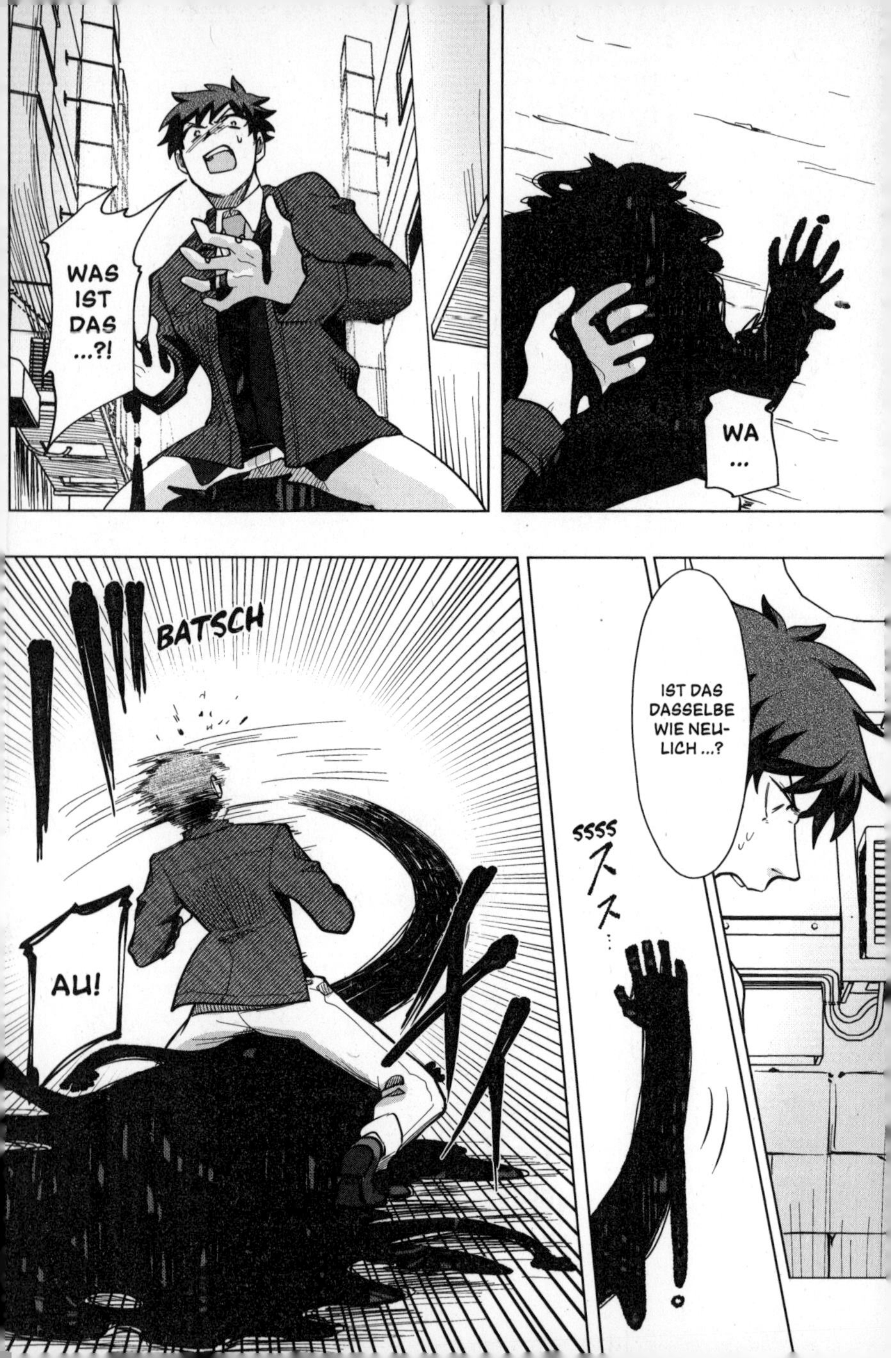
WA ...
WAS IST DAS ...?!
IST DAS DASSELBE WIE NEU-LICH ...?
SSSS
スス...
BATSCH
AU!

TROPF

ボタ

AUAAAAAA!

DAS IST DEFINITIV SO EIN MONSTER WIE NEULICH!

TROPF

ボタ

WENN ES WIEDER JEMANDEN ANGREIFT! ABER ...

WIR SIND MITTEN IN DER STADT, ÜBERALL MENSCHEN ...

ABER WENN JA, DANN IST DAS ZIEMLICH ÜBEL ...

SLUP

ズルッ

... ICH WEISS NICHT, WIE ICH MICH VERWANDELN KANN ...!

...

GL...
GLIT-
ZER!
FUN-
KEL! ☆
HEART-
BEAT-
POW-
ER!
STILLE
ICH
KANN NICHT
GLAUBEN,
DASS ICH
DAS GESAGT
HABE!!
DER
MOMENT,
IN DEM
HIROMI
SEINE
WÜRDE
VERLOR.
HIRO!
SCHRECK

RITSCH

... MEINEN FREUND NICHT IM STICH LASSEN!!

ICH KANN DOCH ...

HIRO!

LAUF WEG, JETZT!

BATSCH

ARGH!

ZWUSCH

!

64

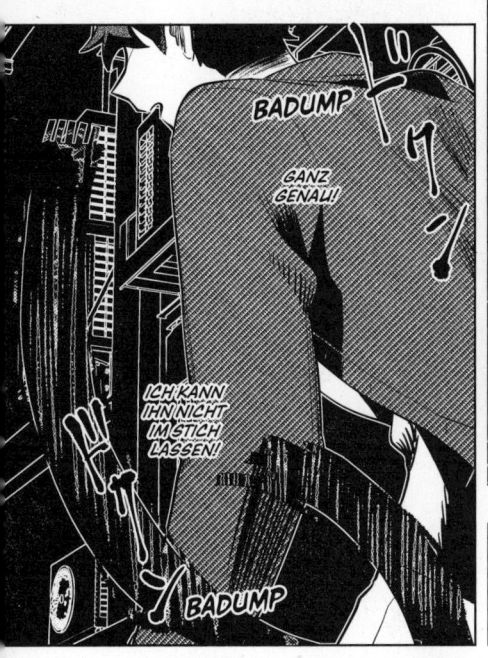

BADUMP

GANZ GENAU!

ICH KANN IHN NICHT IM STICH LASSEN!

BADUMP

BADUMP

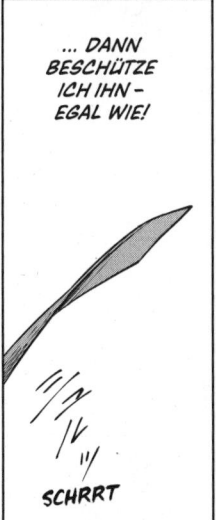

... DANN BESCHÜTZE ICH IHN – EGAL WIE!

SCHRRT

WENN JEMAND VOR MEINEN AUGEN IN SCHWIE-RIGKEITEN IST ...

SCHEISS AUF VER-WANDLUNG!

SCHEISS AUF MAGIE!

GNH

HALLO?
HÖRST
DU MICH,
LADEN-
DIEB?

VON MIR
AUS KLAU DEM
GESCHÄFT SEI-
NE WAREN UND
MIR MEINEN
FREIEN TAG,
ABER ...

GHGHGHGHGHGHGH

... ICH LASSE NICHT ZU, DASS DU MENSCHEN ...
... ETWAS STIEHLST, WAS IHNEN WICHTIG IST!!
RUPF
FSCHHHHHHH

ICH HAB AN MEINEM FREIEN TAG GEARBEITET ... ICH FASS ES NICHT!

PUH!

AH!

SEIT WANN BIN ICH VERWANDELT?!

ÄH, MOM...

HÄ?

WIE COOL!

HA?!

DAS IST ALSO DAS „MÄDCHEN“?

ÄH, NEIN?!?!

ICH DACHTE, DU HÄTTEST EINE FREUNDIN ...

DU WUSSTEST ES GAR NICHT?!

NEIN ...

ICH HAB MICH WIRKLICH IN EIN MÄDCHEN VERWANDELT!!

GUCK DOCH MAL GENAU HIN!

SSSSST

H-HEY ...

HINTER DIR, HIRO!

J-JA ...

ICH WÄRE DOCH NICHT DRAUF GEKOMMEN ...

DANN WAR ES ALSO EIN MISSVERSTÄNDNIS?!

TU ICH AUCH NICHT, DU HOHLBIRNE!!

... DASS DU DARAUF STEHST, DICH ALS MÄDCHEN VERKLEIDET ZU PRÜGELN ...

BASCHUMM

ICH BIN EIN ECHTES ...

... MAGICAL GIRL!

ICH BIN EIN ECHTES ...

KAPIERT, ODER?

DARUM SAG BITTE NIEMAN-DEM ET...
ENT-SCHULDI-GE, DASS ICH MICH LUSTIG GEMACHT HABE!
GRABB
HÄ?
VON JETZT AN UNTER-STÜTZE ICH DICH!
OH?
OKAY ... DANKE ...
MIT MEI-NER ...
MIT MEI-NER ...
... FI-NANZ-KRAFT!!
FREU
FREU
DIR MACHT DAS HIER RICHTIG SPASS, KANN DAS SEIN?!

WIR WÄR'S, WENN DU DIR SORGEN UM MICH MACHST?

ICH DACHTE MIR DOCH, DASS DER KLEINE ...

... DAS POTENZIAL HAT.

IST DOCH NORMAL, DASS ICH DAS AUFREGEND FINDE!!

ABER NEIN! WIR BESORGEN DIR WAFFEN!!

HÄ?!

MACHST DU WITZE?!

FÜR MICH IST DAS EINE ANGELEGENHEIT AUF LEBEN UND TOD!!

MAL SEHEN, OB ICH ...

... NOCH MEHR SPASS MIT IHM HABEN KANN!

END

BLAMM

WIR MACHEN EIN EXPERIMENT, HIRO!!!

UWAH! BRÜLL NICHT SO!

AM NÄCHSTEN TAG

STAPF STAPF STAPF

DAS BRAUCHEN WIR FÜR DIE VERIFIKATION. SCHNELL, KOMM REIN!

ÄH, DAS IST MEINE WOHNUNG ...?

UND WAS BITTE HAST DU DA ALLES EINGEKAUFT?!

WOMM

DU VERWAN-DELST DICH!

DUMME FRAGE!

DU VER-LIERST KEINE ZEIT ...

UND, WAS MACHEN WIR JETZT ...?

A-ALSO, ICH ...

LOS, VER-WANDLE DICH!

KEINE FALSCHE ZURÜCK-HALTUNG!

ÄHM ... E-ES IST ETWAS PEINLICH ... WIE SOLL ICH SAGEN ...

... WEISS NICHT ...

... WIE ES GEHT ...

ZIEH DICH AUS!
?!
WA-WA-WA-WAS REDEST DU DA?!
BLEIB MIR VOM LEIB!!
PER-VER-SO!!
KRIMINEL-LEN-RE-SERVIST!!
GANZ RUHIG, ICH WILL DIR NICHT AN DIE WÄ-SCHE.
ICH WILL NUR ...
WOMM
... DAS MAGICAL GIRL KENNEN LERNEN!
UND OB DU EIN WEIRDO BIST!
ABER WESHALB SOLL ICH MICH AUS-ZIEHEN?
NA JA, ALS DU DICH VERWAN-DELT HAST, HAST DU DIE KRAWATTE AUSGEZO-GEN, ODER?
ICH DACH-TE, DAS IST VIELLEICHT DER TRIG-GER!

APROPOS, ALS ICH MICH DAS ERSTE MAL VERWANDELT HABE ...

JA! DU HAST RECHT!

... HABE ICH AUCH EINFACH MEINE KRAWATTE GELOCKERT ...

VERSUCH MACHT KLUG!

PROBIER ES AUS!

SCHNAPP

TSS!

UND DARUM HABE ICH EINEN HAUFEN KRAWATTEN MITGEBRACHT!

CREEPY!

DZUMM

WILLST DU ES RAUSFINDEN ODER NICHT, HE?!

FOAH!

DOWOOOMM

ZURR

SCHRRT

DA.

NA SCHÖN!

WIR GEHEN!

SO HAST DU ES GESTERN NICHT GEMACHT, ODER?!

DA WAR VIEL MEHR ... NA JA, POWER, STIMMT'S?!

DAS SAGST DU SO LEICHT ...

DIE UMSTÄNDE WAREN JA GANZ ANDERS ...

WOHIN?

WOMM

KIRSCH-BLÜTEN!

SIEH MAL!

AH!

IN DER STADT WIRD SICH DEINE POWER SCHON ZEIGEN, NICHT WAHR?

ÄH, WAS IST DAS FÜR EINE LOGIK?! GLAUBST DU, DAS WÄRE SO LEICHT FÜR MICH?!

KOMM SCHON, NUR WARTEN IST DOCH LANGWEILIG.

UND VIELLEICHT PASSIERT JA AUCH WIEDER IRGENDWAS.

APROPOS, BEKOMMEN WIR IN DER ABTEILUNG EIGENTLICH NEULINGE?

IST ES SCHON WIEDER SOWEIT ...

N-NEIN!

WOW, DER HAT GESESSEN, POGO!

SCHMERZ

SCHMERZ

AUAA-AAAA?!

AH!

JE...

JE-MAND...

DU ENT-KOMMST UNS NICHT!

STÜRM

!

MEINE FAUST HAT EIN-FACH...

FLORP

!

HIRO...

JA...

... MUSS MIR HEL-FEN!

FLORP
WIEDER SO EIN MONSTER ...!
FLORP
UNFASSBAR ...
... DASS SOWAS AUS EINEM MENSCHEN HERAUSKOMMT ...
HIRO!
ABER WIESO SO PLÖTZLICH ...
VERWANDLE DICH!
HÄ?
WIE SOLL ICH DAS DENN AUS HEITEREM HIMMEL MACHEN?!
NIMM DIE HIER!
WUSCH

WACK

WIRBEL

TONK

!

DÖWOMM

IST DAS WIRKLICH ... HIRO ...?!

UNGLAUB-LICH, DIESE SCHNELLIG-KEIT ...

UUUH

BSCHHHH

HIRO!

KANN SEIN, DASS DIESES BIEST KEIN LICHT VERTRÄGT!!

GNH

PATSCH

HGHGH

FLA

DER BLITZ IST WIRKUNGSLOS?!

FUNKTIONIERT NUR SONNENLICHT?!

BASTARD!

HOJO! ICH ZÄHL AUF DICH!

JAWOHL!

?!

OKAY!

YUZURU!

BRING DIE LEUTE WEIT WEG VON HIER!

ICH WIEDERHOLE ...

MIT SOFORTIGER WIRKUNG IST DIE HIGASHI-ODORI SPEERGEBIET.

VON DER HIGASHI-ODORI IM DISTRIKT KASUMI WIRD EIN DÄMONENVORFALL GEMELDET.

NOTFALLWARNUNG!

MURMEL

DAS KLINGT MEGA WEIRD!

UNHEIMLICH!

HÄ? MOMENT, WAS?

MURMEL

MURMEL

BRZZ

BRZZ

BRZZ

MURMEL

GNH

ERLEDIGT!

HÄ, WAS IST LOS?!

BEREITSCHAFTSPOLIZEI! BITTE BRINGEN SIE SICH SCHNELL IN SICHERHEIT.

BWUMM

ROOOAAH!

YESSS!

WACK

FSCHHH

94

SCHWAPP

FSCHHH

... APP.

TROPF

TROPF

TROPF

TROPF

ABER ...

DAS WAR KNAPP ...

WIR MÜSSEN EINEN KRANKENWAGEN RUFEN!

DER JUNGE HAT VERBRENNUNGEN ...

SCHON GUT ... ICH WAR JA SELBST IN GEFAHR ...

DANKE!

TUT MIR LEID ... ABER DASS ER ANFANGEN WÜRDE ZU BRENNEN ...

FÜR MICH HAT SICH DAS FEUER NICHT HEISS ANGEFÜHLT ...

...

ÜBRIGENS, DAS ESSEN ...

NATÜRLICH GEHEN WIR ESSEN!

SEIT DU DAS GESAGT HAST, HABE ICH HUNGER AUF CHINESISCHE KÜCHE!

WARUM ...?

DAS WÜRDE ICH GERNE SAGEN, ABER ...

ABER DU WARST DOCH SO SCHARF DRAUF ...

BIST DU MANISCH?

IN DEM MOMENT WOLLTE ICH ES AUCH UNBEDINGT!

ABER ...

HÄ?!

... ICH WILL DOCH NICHT.

BIST DU AUF SPEED?

NEIN!

... ICH HAB MICH PLÖTZLICH TOTAL FIT GEFÜHLT, WEISST DU?

... ALS ICH DAS MONSTER BESIEGT HABE ...

... WAR ICH IRGENDWIE PLÖTZLICH SATT, ODER, WIE SOLL ICH SAGEN ...

GUT, NACH EINER WEILE BEKOMME ICH DANN WIEDER GANZ NORMAL HUNGER UND KANN AUCH GUT SCHLAFEN.

WENN ICH SO EIN MONSTER ERLEDIGT HABE, BIN ICH NICHT HUNGRIG UND WERDE AUCH NICHT MÜDE ...

BEIM LETZTEN MAL WAR ES GENAUSO!

DIE VERLETZUNGEN VON DER PRÜGELEI SIND JA AUCH SCHON WIEDER VERHEILT ...

... BEKOMMST DU VON DIESEN MONSTERN JA IRGENDWIE ENERGIE ODER SOWAS.

VIELLEICHT ...

WENN ICH VERWANDELT BIN, IST ES MIR IRGENDWIE PEINLICH ...

... DAS MÄNNLICHE *PRONOMEN* FÜR MICH ZU BENUTZEN ...

IST SONST NOCH IRGENDWAS ANDERS?

ÄH ...

NUN ...

*IM JAPANISCHEN BENUTZEN MÄNNER FÜR „ICH" DIE PRONOMEN „BOKU" ODER UMGANGSSPRACHLICH „ORE", FRAUEN HINGEGEN „WATASHI".

... MUSS ICH DAS WIRKLICH AUSSPRECHEN ...?

MIT ANDEREN WORTEN ...

DARUM ... ALSO, ÄHM ...

98

... FÜHLE ICH MICH AUCH SEELISCH ALS MÄDCHEN ...

... SO IRGEND-WIE ...

... WENN ICH VERWANDELT BIN ...

KRAM

WURSCHTEL

SEI GEFÄLLIGST ANDERS AUFMERKSAM!!

EINE KLEINE AUFMERK-SAMKEIT ...

ÄH ... ABER DAS IST DOCH WICHTIG ...

WIESO TESTEST DU MICH MIT SCHMUD-DELHEFT-CHEN?!

WA-WA-WA-WAS HAST DU DA BITTE ANGE-SCHLEPPT?!

BATSCH

WARUM MERKST DU DIR AUSGE-RECHNET SOWAS?!

ICH HAB DIR DOCH EXTRA EIN MILF-MAGA-ZIN GEKAUFT, WEIL DU SO AUF DIE STEHST ...

WA-HÄÄÄÄ-ÄÄÄÄ ?!

MILF PARADISE

SST

... BIN UND BLEIBE ICH EIN BÜROSKLAVE.
TACKER
TACKER
BITTE MAL ALLE HERHÖREN!
HALLO!
DAS SIND UNSERE NEUEN ANGESTELLTEN HERR SHIBATA UND FRÄULEIN HAKUBA. SIE SIN AB HEUTE UNSERE KOLLEGEN.
I-ICH BIN YUSUKE SHIBATA. ICH WERDE MEIN BESTES GEBEN!
ICH BIN NAGISA HAKUBA. AUF GUTE ZUSAMMENARBEIT.
END

OPERATION
MAGICAL GIRL

KAPITEL 4: ERSTI-FRUST

ICH BIN NAGISA HAKUBA. AUF GUTE ZUSAMMENARBEIT.

DAS SIND UNSERE NEUEN ANGESTELLTEN HERR SHIBATA UND FRÄULEIN HAKUBA. SIE SIND AB HEUTE UNSERE KOLLEGEN.

I-ICH BIN YUSUKE SHIBATA. ICH WERDE MEIN BESTES GEBEN!

SIE SIND FÜR SHIBATA ZUSTÄNDIG.

SA-KURA ...

USHI-ZAWA!

SIE KÜMMERN SICH UM FRÄULEIN HAKUBA.

ER NENNT EINE NEUE ANGESTELLTE „FRÄULEIN"! GEHT JA GAR NICHT!

WAS?!

HÄ?!

ÄH, JA ...

DAS IST AMTSMISSBRAUCH!

MIST ...

EINE NEUE ANGESTELLTE „FRÄULEIN" ZU NENNEN, GEHT GAR NICHT.

J-JA!

AH!

SH-SHIBATA ...

JA!

AUF GUTE ZUSAMMENARBEIT!

DAS IST MEIN MENTOR ...!

ICH BIN SAKURA.

AUF GUTE ZUSAMMENARBEIT.

OH!

ALLMÄHLICH IST MITTAGSPAUSE ...

LÄRM

LABER

HERR SHIBATA, FRÄULEIN HAKUBA!

WAS WILLST DU ...

OKAY, DAS WÄR'S ERSTMAL HIER ...

WENN DU SONST ETWAS NICHT VERSTEHST, FRAG MICH JEDERZEIT!

JA!

DAS IST JETZT ZUM DRITTEN MAL DIESELBE STORY ...

NEIN! DAS IST JA UNGLAUBLICH!

OB ES OKAY IST ZU ESSEN?

W-WAS MACH ICH NUR?

HA HA HA

WIR HABEN GLEICH EIN MEETING, WIR SOLLTEN ZURÜCKGEHEN.

WIE LANG GEHT DAS NOCH WEITER ...?

LABER
LABER
LABER
LABER
LABER

... SIE HABEN DIE UNTERLAGEN NOCH NICHT DURCHGESEHEN.

HERR SAKURA!

ICH ERKLÄRE HIER GERADE ETWAS SEHR WICHTIGES UND ...

ICH HOLE DIE KARTOFFELN NICHT FÜR SIE AUS DEM FEUER!

WA ...?!

DAS KANN JA SEIN, ABER ...

HERR ABTEILUNGSLEITER?

RUMSTEH

DRRRR

TACKER

TACKER

TACKER

TRAPPEL

ÄH, HERR SA...

MIST!

ENT-SCHULDI-GUNG!

AH!

TRAPPEL

IST WOHL GERADE EIN SCHLECHTER ZEITPUNKT ...

AAAAH, DIESE UNTERLAGEN SOLLEN AUF EINMAL HEUTE SCHON FERTIG SEIN?!

ACH, SORRY! ALS NÄCHSTES, ALSO ...

ÄHM, ICH WEISS NICHT, WAS ICH ALS NÄCHSTES ...

WAS IST LOS?

DASS ICH GERADE JETZT GAR NICHTS TUN KANN ...

OH!

GOOON
ゴウン
ゴウン
GOOON

WAR DAS JETZT UN-ANGENEHM FÜR IHN ...?

OH, HIER.

MACH BITTE 20 KOPIEN!

JA!

BIIIIEP

WAS MACH ICH DENN JETZT! WO DOCH GERADE SO VIEL LOS IST!

UND HINTER MIR STE-HEN DIE LEUTE SCHLAN-GE!

HÄ?! WAH! IST DER KOPIE-RER KA-PUTT?!

BIIIIEP

ジー
ゴー

SCHGOOO

BIIIIEP

BIIIIEP

?!

WAS SOLL ICH TUN?

WAS SOLL ICH TUN?

HÄ, „PA-PIERSTAU"?

„DRÜCKEN SIE GLEICH-ZEITIG B UND D UND ÖFF-NEN SIE DIE KLAPPE"?!

AH ...

N-NA JA, ICH WÜR-DE EHER "SCHWÄRMEN" SAGEN ...

NA SOWAS, NAGISA!

HÄ, DAFÜR MUSST DU DICH DOCH NICHT SCHÄMEN!

AUF SOLCHE FRAUEN STEHST DU?!

KANN ICH MAL DIE SAUCE HABEN?

LABER-

SIE HAT SICH SCHON VOR LÄN-GERER ZEIT ZURÜCK-GEZOGEN, GLAUBE ICH.

SCHNATTER

NEIN, GAR NICHT.

SIEHST DU IHR NICHT ÄHNLICH, USHIZA-WA?

SIE IST SCHAU-SPIELERIN, ODER?

BER

DU BIST JA EINE TREUE, NAGISA! ♡

NEIN ... SO IST DAS DOCH GAR NICHT ...

BITTE NOCH EINE RUNDE BIER!

LÄRM

WAS SIND DENN DEINE HOBBYS, SHIBATA?

GUT SO!

SEHR GUT!!

HÄ...?!

A...

ALSO, DAS HAB ICH SO GEDACHT, ABER...

... ICH HABE ANGST DAVOR, ALLEINE VERANT-WORTUNG ZU TRA-GEN...!

ICH MUSS NOCH SO VIEL LER-NEN...

SHIBA-TA...

J-JAAA...?

LABER

LÄRM

ICH ÜBER-NEHME DIE VERANT-WORTUNG!

ICH BIN GANZ GE-RÜHRT...

OKAY...?

D-DANKE!

KEINE ANGST, ICH STEH DIR BEI!!

WAS? SICHER?

... ICH HELFE IHNEN DABEI!

FRAU USHIZA-WA ...

VIELLEICHT HAT ER MICH JA VERSCHEUCHT, WEIL ICH IHN BEHINDERE ...

ICH FRAGE MICH ...

... OB ICH ÜBERHAUPT EINE HILFE BIN?

ICH KLEBE AN SEINEN HACKEN WIE EIN STÜCK GOLDFISCH-KACKE ...

O-OKAY!

OKAY, HEUTE GEHT'S IN DEN AUSSEN-DIENST!

... UND DIE RESULTATE SIND AUCH MISERABEL ...

... KANN OHNE AN-WEISUNGEN ÜBERHAUPT NICHTS TUN ...

... KRIEGE NUR EIN-FACHSTE AUFGABEN HIN ...

LEIDER IST ES DIESES MAL ...

VIELEN DANK!

FRAU HA-KUBA IST FANTAS-TISCH.

MIT IHR VERGLI-CHEN BIN ICH ...

ICH HABE NICHTS ANDERES VON IHNEN ERWARTET, FRÄULEIN HAKUBA!

DAS HIER IST MEINE „ZUKUNFT", ABER ICH BIN ÜBERHAUPT NICHT KOM-PETENT.

J...

JA ...

HERR SHIBA-TA!

ICH SETZE AUCH IN SIE GROSSE ERWAR-TUNGEN!

WOMM

TSS!

NICHTS-NUTZ!

DUMP

AH ...

ENT-SCHUL-DIG ...

BADUMP
BADUMP
WARUM HÖREN DIE GEDANKEN NICHT AUF?
BADUMP
ICH DARF NICHT DENKEN!
AUFHÖ-REN! AUF-HÖREN!
BADUMP
ICH MÖCHTE SO SCHNELL WIE MÖG-LICH TIEF SCHLAFEN ...
TSCHILP
TSCHILP
HH
HH
HH
WOOSCH
AUSGE-RECHNET HEUTE ZU VERSCHLA-FEN!
DIE AB-SOLUTE KATASTRO-PHE ...!!
HH
MORGEN HAST DU EINE WICHTI-GE PRÄSEN-TATION ...
ICH KRIEGE KEINE LUFT!
DAS LIEGT BESTIMMT NICHT AM LAUFEN!
BADUMP
WAS MACH ICH NUR ...?!
BADUMP

KRU!!!

SIE HABEN DIE REIHENFOLGE FÜR MICH GEÄNDERT ...

DANN BITTE ALS NÄCHSTER SHIBATA.

AH ...

JA ...!

SHIBATA!

ICH DANKE FÜR IHRE AUFMERKSAMKEIT!

DAS IST GERADE EIN GUTES TIMING. ENTSCHULDIGE DICH, BEVOR DU MIT DER PRÄSENTATION BEGINNST!

UND MACH DIR KEINEN KOPF WEGEN DER VERSPÄTUNG.

O...

OKAY ...

DANN ERLAUBE ICH MIR JETZT, MIT MEINER PRÄSENTATION ZU BEGINNEN.

ZITTER ブル ブル ブル ZITTER

I-ICH MÖCHTE MICH ZUTIEFST DAFÜR ENTSCHULDIGEN, DASS ICH MICH VERSPÄTET HABE, OBWOHL SIE IHRE WERTVOLLE ZEIT OPFERN.

ICH WERDE MICH NACH KRÄFTEN BEMÜHEN, DASS SO ETWAS NICHT NOCH EINMAL PASSIERT.

ENTSCHULDIGUNG ...!!

WAS HÄTTEN SIE BITTE GEMACHT, WENN SIE NICHT GERADE NOCH RECHTZEITIG GEKOMMEN WÄREN?!

DIE HERRSCHAFTEN DER CHEFETAGE HABEN HEUTE IHRE WERTVOLLE ZEIT GEOPFERT, UM HERZUKOMMEN!

WAS MACHEN SIE EIGENTLICH, SIE BEIDE?!

BLAMM

ICH WAR EIN IDIOT, ERWARTUNGEN IN SIE ZU SETZEN!

HERR ABTEILUNGSLEITER!

HABEN SIE MÖGLICHERWEISE NOCH NICHT REALISIERT, DASS SIE KEIN STUDENT MEHR SIND?!

BLAMM

ERSTENS HABE ICH MEINEN JUNGEN KOLLEGEN NICHT ÜBER DIE WICHTIGKEIT DER PRÄSENTATION AUFGEKLÄRT ...

ICH ÜBERNEHME IN DIESEM FALL DIE VOLLE VERANTWORTUNG.

... UND ZWEITENS HABE ICH ES VERSÄUMT, MICH UM SEINEN GESUNDHEITSZUSTAND ZU KÜMMERN.

?!

NEIN, ICH ...

SCHÄMEN SIE SICH NICHT ALS MENTOR, DASS SHIBATA NACH DIESER ZEIT NOCH NICHT MAL DIE GRUNDLAGEN BEHERRSCHT?

ÄHM ...

ES TUT MIR LEID!

EXAKT!!

IN DER TAT ...

REISSEN SIE SICH GEFÄLLIGST AM RIEMEN!

ICH BITTE UM VERZEIHUNG FÜR DIE UNANNEHMLICHKEITEN, DIE IHNEN DADURCH ENTSTANDEN SIND.

VON NUN AN WERDE ICH AUF EINE BESSERE KOMMUNIKATION ACHTEN.

NEIN ...

... ES KÖNNTE DOCH SEIN, DASS IRGENDWAS PASSIERT IST!

DAS KOMMT VON DIESER VERDAMMTEN LASCHEN ERZIEHUNG!

GRUMMEL GRUMMEL イラ イラ

WAS?!

JA ... UND ICH KANN IHN AUCH NICHT ERREICHEN ...

UND DAS NACH GESTERN ... ICH SCHMEISS IHN RAUS!!

ガタ KNARR

DARF ICH NACH IHM SEHEN? ICH MACHE MIR SORGEN.

UND WAS IST MIT IHREM TAGESPENSUM?!

ICH MACHE ÜBERSTUNDEN.

ER WAR GESTERN SCHON SO SELTSAM ...

WAS IST NUR LOS MIT IHM?

LÄSTER

... KÖNNEN WIR ES UNS NICHT LEISTEN, UNS UM EINE TRANTÜTE ZU KÜMMERN, DIE ...

AUSSERDEM, GERADE IN DIESER PHASE ...

ICH WILL KEINE SCHLAMPIG ZUSAMMENGESCHUSTERTEN UNTERLAGEN!

SIE HABEN JA NOCH NICHT MAL DIE DOKUMENTE FÜR MORGEN FERTIG!

BEI SEINEN ELTERN GEHT AUCH NIEMAND ANS TELEFON.

ZETER

LÄSTER

ES REICHT.
WENN GROSSE TÖNE SPUCKEN ALLES IST, WAS SIE DRAUFHABEN ...
KRUIK
... DANN VERSAUERN SIE RUHIG FÜR DEN REST IHRES LEBENS DA AUF IHREM STUHL!

BLAMM

DER GUTE SAKURA HAT'S ECHT GEMACHT!

MURMEL

WER ...

MURMEL

MURMEL

WOW!

WAS IST DENN MIT DEM LOS?

... WAR DAS GE-RADE?

PLÄTSCHER

PLÄTSCHER

SLLLL

SHIBATAS APPARTE-MENT MÜSS-TE HIER IRGENDWO ...

SHIBATA

STILLE

SPÄH

H-H-HAB ICH MICH ER-SCHRECKT!
WAS IST DAS FÜR EINE BRÜHE?
DI DI DI DI DI DI DI DI DI
DI DI DI DI
WAS IST DAS ...?
EIN WECKER ...?
KLACK
ICH KOMM REIN!
H-HE, SHIBATA, BIST DU DA?
!

SHIBATA

HALLO, ICH KOMM REIN!

SHI-BATA!

STEHT SHIBATA IRGEND-WIE AUF ... NEIN, UNSINN.

UWAH!

WAS IST DAS ...

EINE ... ÜBER-SCHWEM-MUNG?

KLACK

MIT JEDEM SCHRITT FÄLLT MIR DAS ATMEN SCHWE-RER ...

DIE LUFT HIER DRIN-NEN IST JA SCHRECK-LICH!

PLÄTSCHER

PLÄTSCHER

FLORP

AUF JEDEN FALL WIRKT DAS HIER NICHT, ALS HÄTTE MAN ES NUR MIT EINEM BIZARREN HOBBY ZU TUN.

SHIBATA ... IST NICHT DA ...

SLLL

... KÖNNTE ES ETWAS ÄHNLICHES SEIN WIE DIESE MONSTER ...

UH ...

DAS HIER ...

... WAR AUCH IM FLUR, ABER ...

RATSCH

KIÄÄÄ-AAAA-AAAH!

UWAH, WAS HAST DU DENN?

ICH BIN'S!

WOAAAH!!

ICH, YUZU-RU!

BITTE NICHT TÖTEN!

OKAY, DANN VERRATE MIR, WAS FÜR EIN SURVIVAL TRAINING DU HINTER DIR HAST, UM SO AUSZUSEHEN!

ALSO, ICH ...

ICH LAUFE AUCH NICHT ZUM SPASS SO HERUM!

1-ICH BIN ES WIRKLICH, MANN!

ICH GLAUBE NICHT, DASS ICH JEMANDEN KENNE, DER VON SEINEM JACKETT DIE ÄRMEL ABRUPFEN KANN, UM EINE WESTE DRAUS ZU MACHEN!!

DAS IST NOCH UNHEIMLICHER!

HAST DU DIE NACHRICHTEN NICHT GEHÖRT?

DRAUSSEN HAT EIN ÜBLER SAURER REGEN EINGESETZT!

WAS?!

WILLST DU MICH AUF DEN ARM NEHMEN ...?

NEIN, GANZ SICHER NICHT!

HÄ, WAS IST DAS FÜR EIN REGEN?!

... BIN IN DEN REGEN GEKOMMEN ...

WIE DU SIEHST, IST ER ÄTZEND GENUG, UM KLAMOTTEN AUFZULÖSEN!
ES HEISST, WENN ES SO WEITERGEHT, KANN ER BIS ZUM ABEND GESUNDHEITSGEFÄHRDEND SEIN.
WENN DU DAS NICHT WUSSTEST, IST ES GUT, DASS ICH GEKOMMEN BIN.
T-TUT MIR LEID.
ALSO ...
... WAS IST JETZT DAMIT?
VERSTEHE ...
DU MEINST, IRGENDWO HINTER DEN WOLKEN KÖNNTE SHIBATA SEIN ...
ZUGEGEBEN, WENN DIESE AUSNAHMESITUATION ETWAS MIT DIESEN MONSTERN ZU TUN HÄTTE, WÄRE AUCH DAS MÖGLICH ...
WAS WILLST DU TUN?
DU WILLST JA WOHL NICHT OHNE JEDEN PLAN LOSZIEHEN?
KEINEN PLAN ZU HABEN IST KEIN GRUND, IHN IM STICH ZU LASSEN!

... WERDE ICH DIR ZUMINDEST ETWAS VERSTÄRKUNG ZUR VERFÜGUNG STELLEN.

SAG DAS NICHT, ALS WÄR ES EINE KLEINIGKEIT!

DA ICH DICH OFFENSICHTLICH SOWIESO NICHT AUFHALTEN KANN ...

HAHA, DA HAST DU RECHT.

EIN MINISENDER.

WENN IRGENDWAS IST, MELDE DICH BITTE.

ABER DAS IST ES. UND HIER, ZUR SICHERHEIT.

TSCHUPP

AH!

SCHRAPP

ÄHM ... DAS IST JA SEHR NETT, ABER WOHER HAST DU ...

?

WAS IST DAS?

SCHRAPP

SCHRAPP

SCHN

DU BIST KOMMANDANT EINER KRASSEN ELITEEINHEIT. WIE KANNST DU IN DIESEM PUNKT SO BLAUÄUGIG SEIN?!

HEARTPOWER HILFT MIR HIER GAR NICHT!

DAS WIRD SCHON KLAPPEN, DU HAST DEINE HEARTPOWER!

KEINE SORGE! DU BIST EIN MAGICAL GIRL, ODER?!

WARUM HAB ICH DAS GEFÜHL, DASS ICH ABSPRINGEN SOLL?!

EINFACH SO? DAS IST WAHNSINN!

HNG...

ABER DU WILLST IHM DOCH HELFEN!

DU VERSUCHST MIR DIE SACHE SCHMACKHAFT ZU MACHEN, ABER NÖTIGUNG IST DAS HIER TROTZDEM!

DU BIST DIE EINZIGE PERSON, DIE DAS HIER TUN KANN!

MACH DIR KEINE SORGEN UM MEINE KNOCHEN, MACH DIR SORGEN UM MICH!

GRR

KEINE ANGST!

ICH SAMMLE DEINE KNOCHEN AUF!

MINUTEN BIS ZUM ABWURF...

HÄ, MOM...!

5...

4...

ICH MUSS MICH DOCH SEELISCH VORBEREI...

3...

2...

1...

VON WEGEN »LOS GEHT'S, HIRO«! AUF DEIN MOTIVATIONSGEBRÜLL FALLE ICH NICHT REIN!

ALLES IST BEREIT, KOMMANDANT! WIR KÖNNEN JEDERZEIT!

OKAY, LOS GEHT'S, HIRO!!

146

DRÜCK

DESHALB BIN ICH UNHEIMLICH FROH, DASS DU GEKOMMEN BIST!

ICH WAR AUF EINMAL HIER ...

... UND HAB DARAUF GEWARTET, DASS MIR JEMAND ZU HILFE KOMMT.

TAPP

DIE GANZE ZEIT ...

MÄDCHEN MIT DEN PINKFARBENEN WEHENDEN HAAREN!

WIE HEISST DU?

ÄHM ...

ICH BIN ...

WAS DENN ... SIE IST EIN GANZ NORMALES, HARMLOSES MÄDCHEN ...!?

UND DEIN GANZER NAME?

ENTSCHULDIGE, DASS ICH DIR MISSTRAUT HABE.

... S-SAKURA. DU KANNST MICH SAKURA NENNEN.

SAKURA ...

DARUM ...

... MÖCHTE ICH GERNE DEINEN RICHTIGEN NAMEN WISSEN!

... UND VOR ALLEM WÜNSCHE ICH MIR, DASS WIR "FREUNDE" WERDEN!

HÄ?

ICH MÖCHTE MICH IRGENDWIE FÜR MEINE RETTUNG ERKENNTLICH ZEIGEN ...

STRAHL

WEGEN DES DANKS MUSST DU DIR AUCH KEINE GEDANKEN MACHEN,

... UND WIR KÖNNEN FREUNDINNEN SEIN, AUCH OHNE, DASS DU MEINEN WIRKLICHEN NAMEN KENNST.

SIE IST OFFENBAR SCHÜLERIN ... IRGENDWIE BEDENKLICH ...

HABEN DIE KIDS HEUTZUTAGE KEIN DISTANZGEFÜHL MEHR?

WAS IST LOS MIT DIESEM MÄDCHEN ...

ÄH- ÄHM ...

AUSSERDEM IST ES GEFÄHRLICH, FREMDEN PERSONEN SEINEN NAMEN ZU VERRATEN.

DU SOLLTEST DA AUCH VORSICHTIGER ...

DAS FREUT MICH, ABER ...

... ES IST MIR PEINLICH, DESHALB NENN MICH BITTE SAKURA.

TSS!

FLODDER

NANU?

KANNST DU ETWA NOCH GAR NICHT ZAUBERN?

ICH HAB SO VIEL ERWARTET! IST DAS ALLES?

WAS MEINST DU DAMIT ...?

WAS IST DAS ... ES IST SO HEISS, DASS ES MIR DIE HAUT VERBRENNT...

ZAUBERN ...?

UND DANN DIESES MONSTER...

ER ...

... ERFÜLLT MIR NUR MEINE „WÜNSCHE"!

WAS HAST DU MIT SHIBATA GEMACHT?

WEIL ER MEIN „FREUND“ IST!
FREUND ...?
FÜR MICH SEHT IHR ABER NICHT WIE FREUNDE AUS.
ボロ
FLORP
ボロ
FLORP
FINDEST DU? WENN WIR KEINE FREUNDE WÄREN ... WÜRDE ER DAS HIER ABER NICHT FÜR MICH TUN, ODER?
DOWAMM
ドッパ
!!
DIESES GEREDE, DASS SIE MEINE FREUNDIN SEIN UND MEINEN RICHTIGEN NAMEN WISSEN WILL ...
PASSIERT DAS DA MIT MIR, WENN SIE MEINEN RICHTIGEN NAMEN ERFÄHRT?

DAS SIND EINE MENGE FRAGEN, ABER ...

WAS IST ÜBER- HAUPT IHR ZIEL?

WIE KANN ICH IHN WIEDER ZURÜCK- HOLEN?

SIE KON- TROLLIERT IHN ALSO TATSÄCH- LICH?

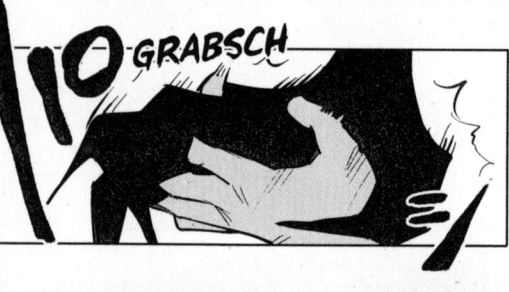

GRABSCH

... ICH MUSS ZUERST MAL MIT DIESER SITUATION FERTIGWER- DEN ...

RISKIE- REN WIR'S ...

... SHI- BATA?

WACK
WACK
WAS MACHST DU DA?
WACK
WENN DU DICH NUR VERTEIDIGST, MACHT ER DICH FERTIG.
AH ...
... IST ES WOMÖGLICH MITLEID?
ODER VIELLEICHT, WEIL ER DEIN KOSTBARER SCHÜTZLING IST?
TROPF
TROPF
TROPF
DU WÜRDEST WEGEN MOBBING AM ARBEITSPLATZ ANGEZEIGT, NICHT WAHR?
AHA HA HA HA!
WACK

RITSCH

JA ...

... ER IST MEIN KOSTBARER SCHÜTZLING.

HÄ?

MOM...

STOPP

GNH

„BEWEG DICH"!

„BEWEG DICH"!!!

„BEWEG DICH"!

WAS MACHST DU DENN?!

DAS IST DEINE CHANCE!

WA...

... NA GUT!

ICH WERDE EUCH EURE ARMSELIGE MÖCHTE-GERN-FREUND-SCHAFT KA-PUTTMACHEN!

ICH GLAUB ES NICHT! DAS IST SO CREEPY, DASS ICH NICHT MAL DRÜBER LA-CHEN KANN, ABER ...

GNH

WIESO ...?

SOLL DAS ETWA HEISSEN, ER KONNTE MEINEN „WUNSCH" IGNORIE-REN, ALS ER SEIN GESICHT SAH ...?

PUH ...

?!

コゴォ **DOWOOOMM**

SOWAS
...

DAS WAR
ABER EIN
ÜBERRA-
SCHEND
UNBEFRIE-
DIGENDES
ENDE.

FSCHHHHH

HE,
HIRO!!

BIST DU
OKAY?!

ANT-
WORTE!!

OPERATION
MAGICAL GIRL

Magical Girl Theatre

ICH HABE MICH SO DARAUF GE-FREUT, DASS ICH GESTERN NUR ACHT STUNDEN GESCHLAFEN HABE.

HEUTE SIND WIR ENDLICH IN KAPITEL 5, IN DEM ICH EINE MENGE TEXT ZU SPRECHEN HABE.

ZZZ

DARF ICH MICH VORSTEL-LEN? ICH BIN MISAKI SUO.

LAUT DEM PLOT FÜR KAPITEL 5 KOMMT IN EIN PAAR SEITEN MEIN AUFTRITT.

BIS DAHIN ESSE ICH NOCH IN RUHE MEINE ...

SCHLÜRF

DOTZ

UND WARUM IST SIE ÜBER-HAUPT MIT DEM KOPF VORAN GE-LANDET ...?!

WA-WAS ...?! SIE IST SCHON DA ...?! DAS IST DOCH VIEL ZU FRÜH ...!!

DABEI HABE ICH NOCH MIT DEM REDAKTEUR ÜBER MEINEN COOLEN AUF-TRITT IN EINEM GROSSEN PA-NEL GESPRO-CHEN ...!

MIST! SIE HAT MICH GARANTIERT DABEI GESE-HEN, WIE ICH RAMEN GE-SCHLÜRFT HABE!

KANN MAN MICH VIEL-LEICHT MAL BENACH-RICHTIGEN?! DIESE NULL!!

LAUT PLOT HÄTTE ICH NOCH EIN PAAR SEITEN LANG ZEIT GEHABT ...!! DIESE VERDAMMTE CALITO-RIN ... HAT HEIMLICH EIN PAAR SZENEN GESTRICHEN ...!

ENTSCHUL-DIGUNG.

ラ
ラ
ラ
ラ

BLÄTTER

BLÄTTER

DU HAST DEN BECHER ÜBER SHIBATA AUSGE-KIPPT?!

ÄH ...

DA BIST DU JA ENDLICH ...

SST

ズ

ABER NA JA, ES WAR JA NUR EIN KURZER MOMENT ...

じゃ
ぴ

FLODDER

ぷ
ろ

VER-DAMMTE SCHEIS-SE!!

WENN ICH SO TUE, ALS WÄRE ALLES NORMAL, DANN KOMMT ES SCHON NICHT RAUS!!

168

HAAAH, KANN ICH MICH NICHT PLÖTZLICH IN EIN MAGICAL GIRL VERWANDELN?

TAPP TAPP

OH NEIIIN! ICH BIN TOT! ICH BIN SOWAS VON TOT!

ICH BIN GESTERN WIEDER ERST IM MORGENGRAU-EN NACH HAUSE GEKOMMEN, UND JETZT KOMM ICH ZU SPÄT!!

TAPP

Operation Magical Girl

IF

KREISCH

EGAL, ICH MUSS DEM KIND HELFEN ...!

ÄH, HÄ?! WAS IST DAS?! CREEPY!!

Hiromi Sakura, eine bescheidene Büroange-stellte!!

STECH

OH, DAS IST NICHT GUT! DIE WUNDE IST TÖD-LICHER, ALS ICH DACHTE.

HÖR SOFORT AUF!

WA-WAS?!

PONG

HÄ?

KLICK
ガチャ

VER-
WAND-
LUNG!
☆

ICH WÄRE AUCH
LIEBER SO EINER
GEWORDEN ...!!!

HÄ,
WIESO
DENN?

HÄÄÄ?

☆ WARUM
BIN ICH EIN
SUPERHELD
AUS DEM
KINDERPRO-
GRAMM ...?!*

ENDE

* EIGENTLICH „NICHI ASA HERO" = „SONNTAGMORGENHELD(EN)",
IN ANLEHNUNG AN DIE SUPERHELDENSERIEN, DIE UM DIESE ZEIT
FÜR KINDER LAUFEN.

OPERATION MAGICAL GIRL BAND 2
ERSCHEINT IM MÄRZ 2025!

Fantasy

Daniel Eichinger
JOVANTORE

Auf den ersten Blick ist Rita eine ganz normale junge Frau. Was ihr allerdings niemand ansieht: Seit ihrer Kindheit plagt sie ein penetrantes Ticken, das direkt aus dem Inneren ihres Kopfes zu kommen scheint. Auch die Ärzte sind ratlos. Doch als Rita die Hoffnung auf ein Heilmittel bereits aufgegeben hat, begegnet sie einer mysteriösen alten Hexe, die ihr ausgerechnet eine Uhr überreicht …

Jovantore
Einzelband ISBN 978-3-7555-0245-6
€ 20,00 [D]

MANGA
漫画

EGMONT

Action

Tatsuki Fujimoto
CHAINSAW MAN

Denjis größter Wunsch ist es, ein ganz normales Leben zu führen. Doch er hat von seinem Vater nichts als Schulden bei der Mafia geerbt. Als Denji dem kleinen Teufel Pochita das Leben rettet, schenkt dieser ihm die Fähigkeit, sich in den Chainsaw Man zu verwandeln. Es dauert nicht lange, bis die Regierung auf den Jungen mit der Kettensäge als Kopf aufmerksam wird...

Chainsaw Man
Band 1 ISBN 978-3-7704-2847-2
€ 7,00 [D]

MANGA
漫
画

www.egmont-manga.de

EGMONT

Fantasy

Ezogingitune / PIG3rd / TEDDY
DEMON KING OF GOD KILLING

Hairam ist DER Dämonenkönig. Er ist der Stärkste und herrscht über alle anderen Dämonen. Nur der große Dämonengott ist noch mächtiger als er selbst ... und genau dem widersetzt sich Hairam. Als es zum Kampf kommt, zieht er natürlich den Kürzeren und: stirbt. Aber er bekommt eine zweite Chance. 500 Jahre nach seiner Niederlage, wird Hairam ausgerechnet als Mensch wiedergeboren. Noch ahnt er nicht, wie viel Potenzial in diesem vermeintlich schwachen Körper steckt.

Demon King of God Killing
Band 1 ISBN 978-3-7555-0194-7
€ 7,50 [D]

MANGA
漫
画

EGMONT

Mystery

Ren M. Pape
MONSTER FOREST

Jess erwacht ohne Erinnerungen in einem düsteren Wald. Zunächst macht sich Verzweiflung in ihm breit, denn nichts scheint vertraut. Als ihn plötzlich Monster jagen, entkommt er knapp und nur dank der Hilfe eines fremden Jungen. Und doch ... wollte Jess nicht genau das: einfach verschwinden?

Boys-Love-Mystery-Mix von deutscher Autorin!

Monster Forest
Einzelband ISBN 978-3-7555-0316-3
€ 7,50 [D]

MANGA
漫画

www.egmont-manga.de

EGMONT

Romance

KUJIRA
SWITCH ME ON!

Betrogen und verlassen sieht Koyori nur eine Lösung: ihren Kummer in Alkohol zu ertränken. Am nächsten Morgen wacht sie verkatert in einem fremden Bett auf – nackt, in den Armen ihres Kindheitsfreundes Hijiri! Schockiert bittet sie ihn, die letzte Nacht zu vergessen. Doch er gesteht ihr, dass er sich eine Beziehung wünscht! Kann aus Freunden so einfach ein Liebespaar werden?

Switch me on! 01
ISBN 978-3-7704-4296-6
€ 8,00 [D]

www.egmont-manga.de

MANGA
漫画

EGMONT

Romance

Shinichi Fukuda

MORE THAN A DOLL

Unterschiedlicher könnten die beiden nicht sein: Der schüchterne Gojo geht neben der Schule dem Schneidern nach und lebt sehr zurückgezogen. Marin hingegen ist quirlig, steht im Mittelpunkt und ist ein beliebtes Highschool-Girl. Jemand wie sie nimmt von einem Typen wie Gojo eigentlich keine Notiz. Eigentlich. Denn sie hat eine geheime Leidenschaft, für die er genau der Richtige ist.

More than a Doll
Band 1 978-3-7704-2862-5
€ 7,50 [D]

MANGA
漫画

www.egmont-manga.de

EGMONT

www.egmont-shop.de

„Operation Magical Girl" von Zero Akabane
Aus dem Japanischen von Antje Bockel
Originaltitel: „MAHO SHOJO JIHEN" Vol.1

Originalausgabe:
MAHO SHOJO JIHEN Vol.1
©Zero Akabane 2021
First published in Japan in 2021 by KADOKAWA CORPORATION, Tokyo.
German translation rights arranged with KADOKAWA CORPORATION, Tokyo,
through TOHAN CORPORATION, Tokyo.

Deutschsprachige Ausgabe:
© 2025 Egmont Manga
verlegt durch Egmont Verlagsgesellschaften mbH
Ritterstraße 26, 10969 Berlin

1. Auflage 2025
Verantwortliche Redakteurin: Manuela Rudolph
Covergestaltung: Kitsune Design (Jennifer Lange)
Koordination: Angelika Schönhuber
Printed in the EU
ISBN 978-3-7555-0437-5

SUTOPPU!

**Koko wa kono manga no owari dayo.
Hantaigawa kara yomihajimete ne!
Dewa omatase shimashita!
Tanoshii hitotoki wo dozo!**

Egmont-Manga-Chiimu

STOPP!

**Das ist der Schluss des Mangas.
Fangt bitte am anderen Ende an!
Und nun genug der Vorrede,
viel Spaß beim Lesen!**

Euer Egmont-Manga-Team